五行歌集

青い金平糖

目次

装丁／しづく

やはらかな緑

そら豆　えんどう
鮎　新茶
五月のご馳走は
みな
やはらかな緑

プハーッ
やっと顔だけ出ました
と言っているような
年々茎が短くなっていく
我が家の水仙

春の畑は
アラビア宮殿の
尖塔でいっぱい
たくさんの
葱坊主たち

結球を突き破って
現れ　咲くという
キャベツの花の豪快さに
何だか
笑いがこみ上げてくる

不用意に
摘み取ってしまった
新芽はなかったろうか
成人した息子二人を眺める
若葉の候

子を呼び寄せ
大きな毛蟹を食べさせる
連休の一日《ひとひ》
憶良や曙覧も
すぐ近所の人のような

蟻地獄って
ウスバカゲロウなんだって
家族４人
頭くっつけて見入る
子ども昆虫図鑑

剥いだ外皮を
「あっ！　わんわん」と言って
抱きしめていた
幼い息子を思い出す
筍の季節

「けつだって、けつ」
けつあつの言葉に
笑い転げる
園児のいて
春休みの内科待合室

蟻の行列に
チョコレートひとかけ落とし
狂喜の混乱を
しゃがんで見ている
小さな神様

隣家から
新生児の泣き声
海も森も時も越え
太古から
響いてくるような

赤ちゃんを
抱っこさせてもらい
ふわゎわ〜ん
とふくらんだ私のこころよ
そのまま萎むな

閨《ねや》の匂いもさせて
さざめく
赤ん坊を抱いた
若い母たちの
井戸端会議

そそけた赤い別珍のスツールが
細く陽の射す
外壁《そとかべ》に並ぶ
路地裏のスナックの
秋日和

提灯の裾を
はためかせて歩く
ニッカボッカの職人さん
繊細で逞しい
男の風とすれ違う

匂いとなって

モノクロの画像に
色鮮やかな蝶が
紛れ込んだようだ
好き
という感情は

ずっと前から知ってたような
とっくに
自分のもののような
恋は
一目惚れから

あなたの放つ光を
好きになったけれど
今は
その陰を
独り占めしたいと思う

こころにおもうだけで
あなたのけはいがする
それは
匂いとなって
たちのぼってくるのです

降りだした雨粒が
ぽっつん
唇に落ちて
冬の日の
口づけを思い出す

あなたは
夜空の星を
私は
星の映るその瞳を
見つめていたような恋

胸郭という
籠に
あなたを灯す
恋は
一点の炎

踵までやわらかな
さくらいろの
肌で
あなたに
愛されたい

息を殺して
待っていたのか
畳紙《たとう》を解けば
とろり
しなだれてくる絹の艶

ブレーキが掛けられる様なら
もう終っている
盲目のうちに
遠くへ遠くへ
飛ぶのよ

それでも
何処かに
私を欲しいと
思う男《ひと》のいてほしい
冬の夜のひとり

淡い恋心は
胸のなかの
お花畑
ときどき降りていっては
ひとりで遊ぶ

愛なのか
執着なのか
歳月なのか
いつまでも
熱を帯びている

遠い遠い人になって
何処かでばったり
出会いたい
その時の私が
どうか綺麗でありますように

過ぎた恋の小匣の蓋
そっと開けて
懐かしむ
今はもう息子の年より若い
あの人　この人

風のところてん

地下鉄の
ホームを吹き抜ける
電車に押されて
やって来た
風のところてん

若い樹木が
乗り込んできたような
男子高生の集団
地下鉄の中は
そこだけ緑の熱

スッポンタケ目
スッポンタケ科
キヌガサタケ属
東京スカイツリー
墨田区に生えた

数千人の
ホームレスも潜む
都会の眺望を
1時間足らず
3千円で買う

叱られた子が
凭れかかったかも知れない
足軽長屋の
土壁に
そーっと触れてみる

弾けきれない
はにかみ屋の少女が
クスッと笑ったような
北国の
淡い春

あの入り江は
今日も穏やかだろうか
私のいない
未完成の
風景のまま

信州も残暑は厳しい
冷蔵庫の中で
焚き火に
あたっているような
高峰高原の陽射し

金色の海に
たゆたうような
木管コンサート
キラキラと
光の粒を零しながら帰る

走る人　人　人　人の群れ
ゴールは平安神宮・朱の大鳥居
受胎の神秘を
拡大で視ているような
４２、１９５キロ

ここで生まれて
ここで鎮まる
湖の波は
出口に窮した
人の想いのよう

人間が創り遂《おお》せた本物は
人間だけだと
波が吼えたてる
暗闇の支笏湖は
原始の風景

物を持ちすぎた
不自由を
教えてくれる
子規堂の
簡素

年はとるもの
息子《こ》は育ててみるもの
教科書で知った
子規を
抱きしめたくなるなんて

息子の背中

子の悩みを聞くと
ぐったりする
自分より
幸福になって欲しいと
心から願う存在だから

毎朝スーツ着て
みんな何処へ行くんだろう
なんで俺じゃあ
ダメなんだろう
就活に疲れきった子の呟き

就活に明け暮れる
息子らにとって
龍馬の生き方は
お伽噺としか
思えないようだ

何も言われない怖さに
気づいた息子
甘いだけだと思っていた
父親を
今は一番怖いという

何事もご縁だから
などと
就活に疲れきった子を
見合いの仲人のように
慰める

望みは
普通に就職して
普通の暮らしと答える21才
息子のいじらしいほどの
志の小ささよ

海に散骨して欲しい
と言えば
話がしたい時
何処へ行ったらいいのと
子に泣かれる

夕方の池袋駅ホーム
三番目に並んでいても
座れなかったという
鈍臭さを
母としては好ましいとも思うよ

22歳の
息子の背中
この間まで
ランドセル背負ってたような
頼りない背中を送り出す

心配しすぎて
余計な手出しを
してはいけない
歩き始めた子を
目の端っこで捉えるように

ぼく、なんねんせい？
と訊くのと同じノリ
息子に似た年頃の
社会人に訊く
お幾つですか？

気にも留めていなかった
営業車が
やたら目に付き
道を譲る
息子も同じ仕事についてから

入社10日目
辞めたいという
息子の話を
肯定も否定もせずに聞く
母も我慢の修行中

しっかりとも
頑張れとも
もう言えず
これくらいではくじけぬ筈と
育て方を振り返るばかり

寂しさの賑わい

黒龍のように
生き生きと
桜花に際立つ
幹も
いまが華

風に起こされて
ころころ
ころころ
タイヤのように走りだす
花びらの運動会

いつの間に
地下に潜ったか
ガラス職人
チューリップの茎に
次々と息を吹き込んで

都会の
ビルの片隅で
しんしんと
発光してゆく
夜の花屋

鬱蒼として
陰気で強気
軍人さんの群れに
迷い込んだような
六月の森

幹を伐られ
ペンキを塗られた大欅
手足をもがれ
ドラム缶に入れられていたという
捕虜の話を思い出す

炎天にも
たじろがぬ
花の涼やかさ
ひんやりと
女の臀部を思う

この球体ごと
熟れていくのか
六月の
通り雨の後の
アスファルトはスイカの匂い

道路に散った
唐楓の葉は
河童のあしあと
風がはこぶ
大きな河童　小さな河童

細長く
等間隔に広がった雲は
鍬を入れられた畝のよう
秋は
空にも畑がある

雨を泳ぎきった
ススキの尻尾を
右に向け　左に向け
風が
綿菓子にかえてゆく

散歩で拾った
河原の小石
掌にのせれば
しんと静かな
巌のひと欠片

風が亘れば
手招きし合う
枯れ芒の群れて
冬の河原は
寂しさの賑わい

雪は
部屋にも降る
しんしんと
蒼白い気配となって
部屋にも降り積む

降る雪を
聴きながら眠る夜更け
原っぱでは
布団から抜け出した
幻の子らがはしゃいでいる

究極の子育て

いちばん可愛がられたのは
この俺　と言い合う
四人の息子たち
義母の
究極の子育て

「亡義母《おかあさん》の
若い頃の写真
ほんとにきれいね」に
夫は
心底嬉しそうな顔をする

美味しいもの食べさせてね
鬱陶しい義母の言葉
と思ったけれど
息子らの相手に
私も言いたい

デイルームで談笑すれば
独り座る老人たちが
振り向く
その　眼
眼　眼　眼　眼

濃い産毛の口元を
への字に結んで目を閉じる
義母《はは》よ
せめて眠りは
すこやかであれ

まるで肉に刻んだ
地図のようだ
深い顔の皺は
生きた道のりの
証

気づかせて
しまったろうか
義母の温みに
触れる一瞬の
ためらい

幾多の女の手が
支えてきたのか
人の命の
始まりと
終わりと

病んだ義母の
やさしい象のような
眼差し
癒されたのは
わたしの方

慟哭の波の
ひいた後は
凪
ただただ静かな
諦めの凪

いちばん
悲しませたくない人が
逝ったから
もう何でも出来ると
母を亡くした夫は

故郷の風の音

他人《よそ》の家の
米櫃を
覗くようだった
と
民生委員を終えた父は

父の畑から
二晩かけて送られてきた
えんどう豆
丁寧に莢をはずせば
ザルいっぱいの緑の真珠

うたた寝の炬燵で聞く
シャ・シュ・ショ
シャ・シュ・ショ
母の
「正調」牛蒡の笹掻き

咳き込めば
父がゴソゴソ
探し出してくれる
昭和から流れ着いたような
チャイナマーブルの袋

惜しかなぁ
男ん子なら
相撲取りじゃが　と
産婆さんに言われた
金太郎は私

「うちは、とうちゃんの子だけん
泣かん！」
と言ってこらえたという
歯医者での話
今でも父は嬉しそうだ

九歳で母を亡くした父は
遠足の
弁当の貧しさが
切なく
辛かったと

母の作る巻き寿司を
覗き込む
遠足に行く私よりも
嬉しそうな
父の顔

鼠色の上下に
地下足袋と捻じりはちまき
私の郷愁は
山の景色と
父の作業着姿

製材所に積み上げられた
裸木の匂い
胸いっぱいに吸い込んで
地下足袋姿の父に
会いに行く

失禁の下着を
こっそり
バケツに浸けにゆく
手負いの獣のような
老いた父の背中

「来年の俺はもう
俺じゃないかも知れんぞ」と笑う
アルツハイマーの告げ方も
豪快な男だ
私の父だ

思春期の尖りにも似た
父の不機嫌さ
老いゆく男の哀しみに
けして
触れてはいけない

ぼーっと
霞がかかったような
父さんの芯
アルツハイマーという病は
けっして晴れてはくれない

夜ごと乗せられる
ぐるり回っては
振り出しに戻る
母の
愚痴の舟

霜で濡れた庭を
雨が降ったと言い張る父と
雨じゃないと
譲らない母の
真ん中に立ってウロウロする

徘徊が始まったら
よう看きらん
なんて
まだ始まってもいないこと
言わないで母さん

先へ先へと伸びる
蔓のような
母の心配事
巻きつく支柱も
定まっていないのに

妬み
という
伏兵が潜む
うつくしい山里の
窮屈な人の繋がり

夜更けての
母からの電話
ため息は
か細い風となって
受話器からこぼれてくる

母の顔面麻痺を思えば
化粧などもう
どうでもいいような
気がする
朝の洗面台

欲しい物は何もない
物を欲しがる
気力が欲しいと
遠く暮らす母
78歳の誕生日

十九の新妻の母に
夜毎読んで聞かせたという
父の書棚の
赤茶けた
『イノック・アーデン』

薄い詩集は
若い父母の
物語を潜ませて
私の中で
分厚い一冊となる

小さな怪我でさえ
傷が残れば
旦那さんになる人に
謝らなきゃと言ってた母の
女が哀しい

「いま河原の土手
父さんと散歩よ」
携帯を耳に押し当てれば
母の声と
故郷の風の音がする

貰った思いを
返すように願う
健やかであれ
朗らかであれ
父よ母よ

ホッ　ハッ　ホイ

ホッ　ハッ　ホイ
と
コマ送りを
見ているような
トカゲの動き

朝陽のなか
帰りそびれた
闇の一片が
歩いているような
黒猫とすれ違う

たんぽぽの綿毛で
被われたような
仔猫のお腹
撫でて撫でてと
転がる

ぴんくの肉球も
にこげのお腹も
好きなだけ撫でさする
女を抱きしめる男も
こんな気持ちかなぁ

小屋の前に蹲れば
ぴたっと寄り添ってくる
犬には
人の悲しみが
その匂いでわかるという

継ぐ命も
その欲情までも
コントロールしようとする
犬を飼うという
傲慢

あらい息をしていても
名を呼べば
顔をあげる
最期まで
飼われた犬なのだ

冴え冴えと蒼い夜明け
漕ぎ出す舟を
見送るような訣れ
死にゆくものたちは
みな　うつくしい

焼けつくようなベランダで
あ
の口のまま
干乾びていた
トカゲの赤ちゃん

最後の花火

葬儀を知らせる
娘さんの声は
逝った友にそっくりで
思わず
目をつむる

花に埋れて
眠る友は
人型をした
一本の
蝋のよう

死の理由《わけ》を訊かれて
目を伏せる
守りたいものあっての
無口を
わかって欲しい

介護は長男の嫁と
誰が決めたのか
友は
介護に押しつぶされて
死んだ

読経も
献花も
参列者のものの
友はただ
柩の中

数十年ぶりの
友もいて
弔いの賑わいは
亡き人の仕掛けた
最後の花火

友を亡くした私が
母を亡くした子に
労られている
荼毘終わるまでの
やさしい時間

扉の向こう
戻れば白い骨
荼毘は
炎に包まれた
タイムマシン

命の
果ての
流木にも似た
白いお骨
拾わせてもらう

水底にしか
安らぎを見いだせなかった
友の最期は此処
芒よ
手招きをするな

夜の闇に
てらてら流れる川は
なにも拒まない
タイヤも自転車も
人の死さえも

死
があるのは
生きた私の胸のなか
逝った友には
間際のその苦しみだけ

寂しさは春
友を自死で喪った
寂しさは
冬よりも
命輝く春

気になって覗き込む
空の上のあなたも
映るでしょうか
遺された田圃は
そろそろ水張りの季節です

自ら死を選ぶことが
弱さなのか
強さなのか
解らない私は
今日も生きて
ものを喰んでいる

病んだ兄弟

声高に反対を唱えもせず
使い続けた
福島原発
数千万分の一は
私の責任

瓦礫の下の亡骸を
子のもとに
母のもとに
霊能者を名乗る人よ
今こそ出番なのに

原発ニュースは
怖くて観たくない
と言えば
知らない方が怖いんだよ
子にやんわり諭される

失ったものが多すぎる
けれど
得たものも確かにある
今年はなかったという
成人式の乱痴気騒ぎ

福島という
病んだ兄弟を
座敷牢に閉じ込めて
客間で宴会を披くような
東京オリンピック

おめでとうと書くこと
今年もまた躊躇う
仮設の友への賀状
それでも新しい年だもの
おめでとうでいいよね

「絶滅危惧種
ホモサピエンスの
交尾が確認されました」
遠い遠い未来の
銀河系ニュース

この国の憂いも忘れ
ただ生あることの歓びが
ふつふつと
湧いてくるような
秋の陽射のきらめき

薄荷菓子

男の芯の
ひと欠片は薄荷菓子
幼い日の
母に甘えた記憶で
出来ている

原始の頃の
洞の暮らしなど
ふと思う
君の腋下に
顔をうずめて眠りながら

応援に行けなかった
東京マラソン
TVにかじりついて
執念で見つける
夫の晴れ姿

男はしんどいね
私には務まらない
と夫に言えば
俺もとてもお産はできないと
久々にいい感じの会話

あぁ
こんなふうに
子も可愛がる男《ひと》だった
仔猫を膝に抱く
夫の丸い背中

どうしてる？
寂しくないか？
三日にあげずの電話は
寂しいと言って欲しい
寂しい夫

鏡を覗いて紅をひき直す
なんて変だぞ私
二か月半の
出張を終えた夫と
駅で待ち合わせ

駅でビラ配る人の
「いってらっしゃい」にも
ほろっときそうな
出がけの諍いで
しぼんだ心

還暦祝いの日なのに
不備があったと
休日出勤する
夫の背中を
見えなくなるまで見送る

もう
私の一部になったような人が
そこに在って
なにか喋っている
不思議

時を経た男と女は
水をくぐって
肌に馴染んだ
さらし木綿の風合い
安心で少し寂しい

甘えたいだけだった男《ひと》を
いま心底
甘えさせたいと思う
55歳
いいもんだなぁ歳を取るって

寂しい時間は
独りではない
寂しい時間は
その寂しさの中に
あなたがいる

自分自身なのに
確かな感触
馴染んだ触れあいは
右手で
左手を包むような

懐かしい匂い
やさしい愛撫
まだあなたの
女神でいられることが
うれしい

のびやかで
どこか単純な男は好い
ゆうたりと
温《ぬる》い海に
抱かれているみたいで

寂しい夜は
あの頃の
あなたの声が聴きたい
あの頃の
私の耳で

愛は
侵し侵されること
身の裡に
リアス海岸のような
豊かな侵蝕の跡

万華鏡の世界

冷蔵庫で萎びてゆく
野菜たち
罪悪感で眠られず
台所に立つ
午前二時

出勤前の慌しさ
朝の流しを片付けて
お弁当の包みをキュッと結ぶ
きちんと生きるって
そんなことからと思う

やっと一ヶ月経った
糠床も
今や家《うち》の子呼ばわり
育つものは
なんでも可愛い

旅の終りの
しみじみとした嬉しさは
片づいた我家に帰り着くこと
流しも風呂場も
ピカピカにして出かける

ふっと思い出す匂いがある
祖母の前掛けの
ポケットからもらった
カンロ飴の
セロファンの匂いなど

金曜の夜の映画三昧
今宵は
猛々しい
ソフィア・ローレンのまま
布団に潜り込む

なぎ倒された景色が
次々に迫ってくる
激しい目眩は
万華鏡の世界に
放り込まれたよう

船酔いの続くような
これも悪くない
なんの意識もしない生活を
かけがえの無いものと
知り得て

階段の手摺の
ありがたさ
病めば
普段見えていないものが
見えてくる

病は人を
不自由にするけれど
大抵のことは
どうでもいいことと
　心を自由にもする

医者も子の先生も
恃む人みんな
年下になって
ああ
歳をとったなぁと思う

死は怖い
けれどこの世にたった独り
残されたとしたらどうだろう
本当に怖いのは
置いてけぼりかも知れない

盲腸と言われた途端
お腹の中に
薄い水風船が
垂れ下がっているよう
そろりそろりと歩く

帰る家を見失った
迷子の心細さを
真似てみる
盆提灯のともる
路地裏の散歩

傷つく言葉にも
へらへら笑って
その場を収めた私は
大人なのか
意気地なしなのか

言葉の暴力にも
殴った痛みはあるはず
その拳
私の胸の痛みと
すっぽり同じだろうか

ねっとり
絡みつく
「信じている」
という
言葉の枷

リハーサル終了
本番いきま～す
なんて言われて
もう一度生き直すのは
しんどいかも知れないなぁ

娘を持つとは
よいものだろうか
老いてゆく我が身に
その瑞々しさが
痛くはないだろうか

いつの間にか
マリラの歳になってしまって
腹心の友だった
アンも
今では娘のよう

他人事《ひとごと》だと思っていた
閉経も
更年期も
ちゃんとやってくる
しみじみと人並みだ

青い金平糖

蕗の薹を
知らない子
天ぷらを頬張りながら
「僕は今
なにを食べてるの？」

金木犀の匂いのなか
遠くに聞こえる
夕焼け小焼けのチャイム
小学生の息子が帰ってきそうで
一瞬、泣きそうになる

家を出た息子は
なぜこうも
可愛いんだろう
ごはん食べに寄るよ
のメールにすっ飛んで帰る

ワッシワッシと
分厚い豚カツが収まってゆく
息子の口元
食べさせるという
快感

とうに
二十歳も過ぎたのに
子を思えば
まだ雛鳥のようで
時折涙ぐみたくなるのです

ハンセン資料館の案内
「癩《らい》院記録」に写る
息子によく似た
青年の
細い肩

叩いて泣かせた日が
不意に浮かんで
胸に
青い金平糖が
ほろほろ零れる

陽だまりみたいな
子の言葉を
ほわっと思い出す
「さみしいってね
おかあちゃんがいないこと」

お乳と抱っこで
こと足りていた
母子して洞にいたような
ねんねの頃が
懐かしい

実家《ここ》から帰って一人になると
胸がキュッてなって
普通に戻るのに
三日くらいかかるんだぁ
なんて言う息子に胸キュン

金糸銀糸で飾っても
鎧兜は戦いの道具
男《おのこ》の道の険しさを
再確認する
端午の節句

お雛様じゃないから
関係ないよ
とは言いつつ
結婚しなくても困ると
早々に仕舞う兜

暮は彼女連れ
という息子を
ワクワク待っていたのに
一緒に来たのは
キャリーに入った雌猫

親の思いが
解った気がするなんて
猫を飼い始めた息子よ
子の愛しさは
そんなもんじゃあないよ

息子と向き合って
莢を外すこと
ただただ楽しい
ぷっくり艶々の
父のえんどう豆

24の息子であっても
お腹を空かせていると思えば
乳飲み子と同じ
駅の階段を
小走りでかけ降りる

なるようにしか
ならない
と
肚が据わるまでの
子育てのイライラ

実習服を着た息子に
ケーシー高峰みたい
と言ったら喜んだけど
後で怒っていた
画像検索したらしい

開花とともに
届いた
子の合格通知
今年の桜は
特別だ

一生フリーターでは
いられない
と
就職で躓いた子の
一念発起

次男の巣立ちを
知っているらしい山鳩
ジュンペイ　イッチャッタ
ジュンペイ　イッチャッタ
と今朝は啼く

特技は子育て
ということにしてある
「あなた達みたいないい子が
二人も育ったでしょ」
とか言いながら

命育てる乳

眠れぬ夜
あっちへ転げ
こっちへ転げ
寝返りを
打っているのは　心

荒ぶ風に吹かれて揺れて
自分をも刺す
薊の花が
胸に
一輪咲いている

アランの『幸福論』にも
通ずるような
十二歳の歌の群れ
自身と語る思いは
幸福へ幸福へと向かう

聳え立つ壁
超えられないなら
蹴破ってでも行け
たかだか
八十余年の命じゃないか

人恋しさは
胸に沈む
瑠璃色の球体
ときおり
ぷかりと浮いてくる

深い悲しみは
胸に刺さった
氷柱《つらら》
融けだすまでは
泣かせてもくれない

密林でも凍土でもない
鍬振り上げる先は
我れ自身という
この容易《たやす》さ
この難しさ

転校続きの私は
劣等生だった
えんぴつの匂いの
懐かしさと
心細さ

勝とう
などとは
思わない人の
無心さに
負ける

身の裡に
欲しいのは
荒野の裸木
己を貫き
独りで立つために

言い負かしたのではない
若い生意気さを
黙って許してくれたのだ
時を越えて
ほんとうが見えてくる

人を褒める時は
満開の花束を
胸に置く
嫉妬なんか
入る隙間もないくらい

山頂に辿りついて
突然視界がひらけるよう
悪かったのは私
と思えるまでの
心の旅は

愛すればいい
愛すればいい
その人の思いごと抱きとめて
愛すればいい
私は揺りかごになる

思い疲れて
辿りついた諦めに
安らぐなんて
悩むのにも
体力がいると知る

3億円当たったら
嬉しくって
吹き飛んでしまう
ほどの悩みだ
拘泥することはない

思いの
輪郭を
つき破れ
私のなかの
雛の嘴よ

信ずる
者が
いての「儲け」
巧い話に
のってはいけない

針鼠の針が
ひっくり返って
全部内側に向いたみたいだ
傷つけたことに
傷つく痛みは

岩をも砕くような
波の音が小気味いい
砕かれたい
何かがあるのだ
この胸にも

削ろう
形にしよう　と
彫刻師みたいに飛び起きる
夢で
歌の種を授かった朝は

遺された人たちが
私を語るとき
それはいくつかの
歌でありますように
歌が私でありますように

出し尽くして
空っぽにすれば
また湧いてくる
うたは
命育てる乳のよう

跋　生命　そのにおいを描ききる

草壁焔太

うたびとは、二つ目の歌集ともなると、その目と心を露にする。何を歌おうとするかである。

歌稿を通読して、ああ、彼女は生命《いのち》のうたびとだったんだ、と納得した。うたびとは、みな何かの真実を描き出そうとする。その真実はみなちがう。うたびとはそれぞれ、自身に迫ってきたなにかを世に残そうとする。自分自身が一つの筆であるかのように、それを音に紙に転写しようと――。それを伝えたいのだ。それが彼女の場合、「生命」であった。人が書く以上、みな生命であることはかわりないとも言えるが、彼女の示すものは生命を新しくとらえた核心といえるものである。

そら豆　えんどう
鮎　新茶
五月のご馳走は
みな
やはらかな緑

剥いだ外皮を
「あっ！　わんわん」と言って
抱きしめていた
幼い息子を思い出す
筍の季節

赤ちゃんを
抱っこさせてもらい
ふわわわ～ん
とふくらんだ私のこころよ
そのまま萎むな

閨《ねや》の匂いもさせて
さざめく
赤ん坊を抱いた
若い母たちの
井戸端会議

『青い金平糖』というタイトルを聞いたとき、私はなにかかすかな匂いを感じたが、それはここに書かれた生命の延長上にあるかおりであろう。歌集の二つ目の章が「匂いとなって」である。

こころにおもうだけで
あなたのけはいがする
それは
匂いとなって
たちのぼってくるのです

踵までやわらかな
さくらいろの
肌で
あなたに
愛されたい

「とろり／しなだれてくる絹の艶」もまた、女のかすかなにおいといえようか。

生命の彫琢として、もう一つ顕著なものは、生命の動きの描写である。

この歌集の章に新語が一つある。「ホッ　ハッ　ホイ」である。この歌はいまでは有名なものとなっている。

ホッ　ハッ　ホイ
と
コマ送りを
見ているような
トカゲの動き

結球を突き破って
現れ　咲くという
キャベツの花の豪快さに
何だか
笑いがこみ上げてくる

彼女の描く生物は、いままでにない動きをする。「ホッ　ハッ　ホイ」はまさしく、トカゲの生きた時間を言葉にしたものだ。何者も、いや何語もいままでこうは表現できなかった。プハーッという首の短い水仙あくびも、トカゲの赤ちゃんの「あ／の口……」も、生命の予想外の鮮やかさを表している。彼女は生命の動画を、短い言葉に凝縮したのだ。

それも、生命の特徴のやわらかさやみずみずしさを保ったまま、刻印したのである。

処女歌集『花冠』では、花やかで美しく活発な女性としての魅力がそのまま歌になったような初々しさがあったが、その彼女も生命や人生の負と影の部分もこの歌集では数多く表している。

自死の友、老い行く義母と両親、原発事故…、すべてを歌ううたびとになったということだ。

花に埋れて
眠る友は
人型をした
一本の
蝋のよう

死
があるのは
生きた私の胸のなか
逝った友には
間際のその苦しみだけ

福島という
病んだ兄弟を

座敷牢に閉じ込めて
客間で宴会を披くような
東京オリンピック

ここに上げなかったジャンルの歌も、彼女の大胆でおおらかでパワフルな描写力で、印象的に歌い込まれている。彼女の人としての特徴は感情の豊かさである。喜ぶにも泣くにも笑うにも怒るにも、最も振幅が大きいが、正しく抱擁的である。その人が自身を筆にして生命を描ききったというのがこの歌集であろう。
その結論が、青い金平糖であった。いままで上げなかったが、彼女のメーンテーマは育てる性としての生命の実感、新しい生命の愛らしさである。

叩いて泣かせた日が
不意に浮かんで
胸に
青い金平糖が
ほろほろ零れる

次男の巣立ちを
知っているらしい山鳩
ジュンペイ イッチャッタ
ジュンペイ イッチャッタ
と今朝は啼く

「人間が創り遂《おお》せた本物は／人間だけだ」と暗闇の支笏湖が吼えたてるという歌がある。これが母となる性の結論である。男は言い返せない。たいしたものを創り遂せていない。それに彼女は今、子規まで育てようとするのだから。

あとがき

第一歌集『花冠』から八年を経て、この度、第二歌集を編むことができました。歌集を編むにあたり、この八年間に書き溜めた歌を読み返してみますと、チマチマとした日々の暮らしの歌が多くて…、もう少し生活圏から脱した、深くあるいは壮大な歌が詠めないものかと、今後の課題も見つけたような気がいたしました。

特にこの八年間、いちばん私の心を占めていたのは、どうにかこうにか社会人となり自立していく息子たちのことでした。歌集のタイトルも、子を詠んだ歌から引いて「青い金平糖」としました。

家族アルバムのような歌集ですが、歌の一首、言葉のひとつでも、もしもお心に留めていただけるようなことがございましたら、どんなにうれしいことかと思います。

五行歌との出合いから数えますと、十三年が経ちました。

ご指導いただいております草壁焰太先生、三好叙子さん、歌集制作や日頃の仕事でもお世話になっています事務所の皆さん、そして、歌を通して心の交流をさせていただいている歌会仲間の皆さんへ、心から感謝申し上げます。

また、歌の種となってくれている私の家族たち、そして拙い歌集に最後まで目を通して下さった方へも感謝を込めて、ありがとうございました。

悠木すみれ

二〇一五年　秋

悠木すみれ（ゆうきすみれ）

1956 年　熊本県八代市生まれ
1978 年　金融機関に勤務しながら、東洋大学短期大学
　　　　（文学科Ⅱ部日本文学専攻）卒業
2002 年　五行歌の会、入会
2003 年　同人
2004 年　五行歌の会・事務局に勤務、現在に至る
著書に第一歌集『花冠』（市井社）
埼玉県飯能市在住

五《ご》行《ぎょう》歌《か》集《しゅう》 青い金平糖

著　者　悠木すみれ
発行人　三好清明
発行所　株式会社　市井社
東京都新宿区市谷田町三―一九　川辺ビル一階
〒162-0843　TEL ０３（３２６７）７６０１
印刷・製本　創栄図書印刷株式会社
第一刷　二〇一五年十二月十日

ISBN978-4-88208-139-5　C0092